KB268594

우리 시대 현대시조 100인선  41

# 어느 날의 여행에서

김 원 각

태학사

# 어느 날의 여행에서

초판 인쇄 2000년 12월 28일 • 초판 발행 2001년 1월 1일 • 지은이
김원각 • 펴낸이 지현구 • 펴낸곳 태학사 • 주소 서울시 서초구 서초
2동 1357–42 • 전화 (02) 584–1740 (代) • 팩스 (02) 584–1730 • e-mail
thaehak4@chollian.net • http://www.thaehak4.com • 등록 제22–1455호

ISBN　89-7626-616-1　04810 • ISBN　89-7626-507-6　(세트)



☞ 저자와 협의하에 인지를 생략합니다.
☞ 파본은 구입한 곳이나 본사에서 바꾸어 드립니다.

<중앙시조대상> 시상식을 마치고 기념촬영(1997) (왼쪽부터 이상범, 박철희, 한 사람 건너 필자, 고정국 신인상 수상자, 홍석현 중앙일보 사장, 이근배)

『고양문학』 8집 출판기념식에서(1997) (왼쪽부터 김시철 펜클럽회장, 필자, 신세훈)

〈정운시조문학상〉 시상식을 끝내고 원로 시인 구상 선생님과 함께

〈정운시조문학상〉 시상식을 끝내고 한담하고 있는 문우들(왼쪽부터 김월한, 필자, 박시교, 이상범)

# 차례

## 제2부 겨울과 봄 사이에

# 제1부 그림을 그리다가

# 일산에서

이제 못질할 자리 여기 찾아왔습니다
마음 똑바로 놓으려 여기 찾아왔습니다
비로소 이 세상 주인 그런 명함 들고서.

이사온 첫날밤에 환히 밝힌 형광등
태초부터 밝음만이 우리의 소유인 듯
아내와 아이들 말에도 환한 빛이 넘쳤습니다.

밤 깊자 아이들은 별빛으로 떠서 놀고
아내 마음 그 곁에서 보름달로 비춰주고
하여간 행복이 있다면 그 복판에 앉았음이여.

이제 이 지상에다 집 한 채 세웠으니
희망 끝에 눈물 끝에 비바람 막았으니
안팎의 따스한 마음 세상 곁으로 보내겠습니다.

# 백담사(百潭寺)


마음 맑게 고이는 곳에 빈터 하나 열린다

높은 산 둘러 앉히면 만사가 쉬게 된다

극명한 이 이치 하나로 내 속에 세워진 절

# 접목

비늘 튀던 욕망들도 소금끼에 저려지고
마음은 또 고삐 매인 소 끄는 대로 따라오고
내 영혼 매질하면서 여기까진 왔다마는

안되네 안되는 것 있네 매질로 안되는 것 있네
몸뚱이 군데군데 얼굴 내미는 죽음만은
유심(有心)한 이 칼날로는 끝내 자를 수 없어

죽음 앞에 떨고 있는 목숨 줄기 꺾어서
<생자(生者)에겐 죽음은 부재(不在), 죽음 오면 생자가
부재>
이 이치 살과 뼈되게 접붙여 놓았나니

# 심법(心法)


산은 높아 갈수록
골짜기를 비우는데

나는 올라 갈수록
사방 경치에 빠져들어

내 마음 구석구석까지
산을 다 담는구나.

하찮은 돌부리에
힘없이 넘어지는 순간

귓전을 후려치는
산의 크나큰 말씀

뭣하러 무거운 산을
마음에 담아 오르느냐.

# 그림을 그리다가

붓 갈 데 안 갈 데를 분간조차 못하면서
마구 휘둘러 놓은 파지 직전의 그림 한 폭
내 마음 끄집어낸다면 이런 형국 아닐는지.

먹물에 쌓인 여백들이 더욱 희게 보이는 순간
뼛속에 와 일러주는 깨우침 하나 있네
물 안든 나머지 마음 그거나마 잘 닦으라는.

# 바람이

천 년을 더 산다 해서
보탤 것 있겠느냐

그리운 것 뒤돌아보면
갈밭 속의 빈 세월이라고

바람이 마음을 휘저어
슬픔 한 올 둘 곳 없네.

# 정상(頂上)에서

가을 맞은 설악봉이
만리 하늘 쓸어 놓다

한 백 리 열린 마음에
티끌 하나 보이지 않아

사람이 너무 맑아도
아스라이 눈물 도네.

# 남산 타워에서

땅에는 사람 사는 일 정신 없이 돌아가고

하늘은 머리 위에 끝없는 허무 펼쳤는데

아 이젠 발 밑의 일보다 하늘 일이 궁금하여라.

# 일선사(一禪寺)


북풍한설 막으려면 땅 위에 집을 짓고

모든 번뇌 막으려면 마음에 집 세우는데

허공에 올려 놓은 집

땅도 마음도 끊어졌네.

# 다시 일선사에서

마음 단단히 묶는 것 그것이 공부 같고

마음 풀어 비우는 것 그것이 공부 같아

하늘 속 올려다보고 바위 한 번 내려다보고.

# 음(吟)


추위는 옷 몇 겹이 막을 수 있었으나

수리 안된 마음 지붕에 새는 빗물 못 막았네

최초의 빗물 한 방울이 수심장강(愁心長江) 이룰 줄이
야.

# 구멍가게

10원짜리 동전 놓고 마음대로 집어 가도

그 아이 티 없는 꿈, 상처 내지 않기 위해

웃으며 들려 보내는

그런 주인 되고 싶다.

내 평생 펼쳐 놓은 두어 평 구멍가게

한 해가 다 저물어도 찾아오는 아이 없어

결국은 반품할 수밖에

내가 만든 나의 생애여.

# 바둑에서

아직도 사는 법 몰라 어림으로 따라가다
멀리 또 가까이서 대마가 쓰러지듯
내 생애 끝나갈 무렵 이런 판도 같아라

하지만 어쩔 것인가 내가 놓은 돌인 걸
어쩌다 세월 뒷쪽에 오두막처럼 살려 낸 집
아 거기 만시름 깔고 오늘 내 살아감이여

세상과 맞붙었다 공치고 돌아서야 할
허전하고 섭섭함이 두께를 더하지만
손 털고 일어서는 법 그것도 함께 배우나니

# 길

양팔의 날개도 접고 발의 바퀴도 떼어 냈다.

빈 몸 세워서 우는 갈대밭 그 사잇길

거기가 사람의 길 같아 그리로 들어섰다.

# 바다

앞생각 잘못하면 뒷생각이 때려 준다.

뒷생각이 놓친 것은 그 다음이 때려 준다.

지혜가 깊어 갈수록 더 높이 크게 때려 주네.

# 새벽

먼 바다 은어떼들 굽이쳐 가고 있는지

허공에 비늘 튀는 그런 소리 흩어지고

무수한 거울이 모여 내 몸을 비추고 있다

# 절대(絶對)

생각의 화살촉 하나 허공으로 쏘아 올렸다

우주를 지나 몇 겁까지는 뒷생각도 따라갔다

지금은 영원의 어딜 가는지

따르던 생각 되돌아오네

# 윤리

숨을 데 없는 대명천지 8월의 땡볕 아래
지렁이 한 마리 시멘트 바닥에 나뒹군다
하늘은 질서를 어기면 한 치 용서 없구나

아 나는 잔꾀를 부려 어둠 하나 만들어 놓고
부끄러운 일 숨기면서 용케 버텨온다
하늘도 외면했는가 방치된 이 무서움이여

# 정발산

젊은이는 올라와서 새소리 날리며 가고

중년층은 희로애락의 온갖 잡꽃 피워 달고

노년은 오래 머물다 구름 몇 점 띄우고 가네

# 까치둥지

나도 허공 한쪽에 집 한 채 짓고 싶다

땅에서 괴로운 마음 저 높이만 올려놓아도

세상일 따라오다가 절반 이상 끊어질 것을

# 어느 날의 여행에서

일곱 그루 가을 나무 영주행 열차 타고
몇 차례 술이 돌자 뿌리부터 물이 올라
앙상한 그 가지 끝에 애기꽃도 피운다만

마음을 구름에 띄운 그 흥취도 잠시뿐
어느새 아물아물 안개 속으로 젖어들다
세월의 무게에 눌려 잠 속에 빠져드네

열차는 새 풍경을 연신 흘리며 달리건만
경치고 무엇이고 저 세상에 내던진 채
체면도 다 낡고 삭은 엇비슷한 얼굴들이여

새벽을 끌고 나가던 그 싱싱한 몸둥이의
사지에 내달았던 푸른 잎 다 어디 가고
적막한 숨소리만이 빈 골을 이루었네

한세상 지고 온 등짐 내리자고 나선 길이
빈 가지에 걸린 세월 그것이 무거워서

아 나도 고개 떨구고 적막하나 더 보탰네

# 하산기(下山記)

산을 내려오면서 물소리 데리고 왔다
물소리 거느리니 바람 절로 따랐다
그 뒤로 내 몸 안에는 큰 산 하나 깊어갔다

산 안에 마음 놓으면 천 갈래 시름 돌아와 눕고
산 밖에 마음 떠돌면 만 갈래 시름 불붙네
그러나 다 내 것이어라 한 마음이 만든 두 얼굴

# 아침

어둡던 심층에서 솟아오른 둥근 꿈이
허공에 높이 떠서 떨어지지 않는다.
햇살은 금빛 소리로 뜨락 위에 깔리고.

거리에는 거대한 힘이 남북을 열어제치고
이 맑은 하늘 밑을 사람들은 오고 가며
하루의 깊은 생각들로 제각기 반짝인다.

모든 살아있는 것들의 살아가는 모습들
문 여니 먼 바람 타고 뼛속까지 와 닿는
이 아침 새로운 소문은 백두산의 단풍잎들.

# 오늘은


하늘에도 고금(古今)이 있는가

옛하늘 같지 않다.

한 점 사악도 숨을 데가 없었던

그 맑은 조선의 하늘

오늘은 구름 끼다.

# 사심(私心)


가는 그 은실 끝에

음청난 음모 달렸을 줄이야

그 어진 피래미떼는

알 까닭이 없겠지

저보게

능청부리며 삐죽 솟은 저 찌를.

# 아파트·1


제군들, 자연공부는

오늘로 종강입니다.

앞으로 남은 과제는

마음 닫는 방법입니다.

산촌에 물든 마음은

속히 갈아 끼우도록.

# 아파트 · 2

일산(一山)의 하늘과 구름

아무 소용없구나

모두들 마음의 문

동서남북 닫았으니

독해라 사람 사이의 절벽

이끼도 못 붙는다.

# 상소문(上疏文)


백성이란 죽일 수 있어도 이길 수는 없느니라.
칼 아래 목숨 놓은 조선의 그 선비들.
알겠네
왜 우리 마음에
청댓잎 소리 들리는가를.

언로란 나라의 혈맥, 그 혈관 터놓으려고
사약을 마시고 간 조선의 그 선비들.
알겠네
어째서 한강이
도도히 흐르는가를.

민심은 천심이라, 역천(逆天)자는 망하느니라
먼 변방 유배지, 하늘 우러러 숨진 선비들.
알겠네
우리의 하늘이
왜 저토록 푸른가를.

# 무서운 눈

애비의 날갯죽지로는 우리 집 추위 막지 못해도
자식을 위해 통긴 먹줄 그것만은 곧았는데
크면서 애비를 보는 자식들 눈이 달라졌다.

정의가 이기는 나라, 정직이 잘사는 사회
힘주어 가르치며 애비 또한 떳떳했거늘
큰놈이 중학에 가자 이런 말 외면했다.

그렇구나 문 밖은 떠들썩한 선진조국
그 대열 끼지 못한 가난한 애비의 말
어느새 둘째놈마저 믿지 않는 눈치다.

# 광화문

조선의 궁궐 담 그 얼마나 높았던가
백성의 사무친 원성도 이 담을 넘을 수 없어
하늘이 선비를 불러 광화문 앞에 세웠나니.

<각처엔 굶주리다 죽은 백성 널렸는데
조정의 관리들은 호화사치 일삼다니
아소서 백성의 혈세는 살가죽 벗긴 것임을

백성을 돌보라는 명은 자주 내리지만
궁궐 밖 십리도 못 가 그 명은 사라지니
이래도 임금이 있어 정치한다 하겠는가

하늘 땅이 재물 냄은 모리배 위한 것 아닌데
예부터 나라의 법은 중신(重臣)이 무너뜨리니
아소서 먹줄 발라야 원목 곧게 잘려짐을

조정은 작은 돛배, 백성은 망망대해
백성 원성 들끓으면 돛배 어찌 띄울 건가

만고에 변함이 없는 이 이치 깨치소서>

광화문 앞에서 올린 선비들의 상소문
깊고 먼 구중궁궐 임금의 마음 움직였으니
알겠네 언로의 강물 여기에서 발원했네.

# 단전(斷電)


갑자기 꺼진 형광등
사방이 캄캄했다.

그러나 우린 믿는다
수리가 되면 곧 켜지리라고.

이렇듯
희망이 걸리면
어둠도 희망의 일부.

어른에게 자식이란
형광등과 같은 법.

어른의 말씀 선(線)이 되고
진실의 영혼 흐른다면

자식들
가슴 가슴에

불은 환히 켜질텐데.

정직이 잘 산다는 말
자식에게 불 안 켜지고

정의가 이긴다는 말
자식에게 불 안 켜지고……

누구도
수리의 책임을
질 수 없는 이 단전.

# 근황

한쪽 손이 밖으로 나간 채
돌아오지 않는다.

모든 방은 비어 있고
녹슨 그림자만 누워 있다.

남은 손 절반마저도
소리가 들리지 않는다.

## 유년의 고향 기억


벌판이 오며가며
높낮은 야산 만들어
대대로 피붙이들
거기 살라 터잡아주고
봄이면 들로 나오라
손짓하는 것 보았었다.

농자는 천하지대본
숙명처럼 믿은 조상
그 벌판 들어서면
벌판은 그만 문을 닫아
한 생이 다 기울어서야
비로소 열리던 문.

낙동강 기러기떼
가을 하늘 몰아오면
과객은 산천수려
풍월 읊고 가지만

그 누가 타는 속울음의
강물소리 들었을까

부서진 늑골의 힘인가
한촌에 눈내리는 밤
등잔 아래 집안들 모여
얘기하는 것 들었네

<큰댁예 오는 봄에는 대처로 뜨입시더>.

# 이런 날은

죽음 한 장 떠도는 날은 편하고 편하여라

어쩌다 문이 열리면 뼛속까지 아리는 빛

아니다 내 것 아니다 도로 문을 닫아라

제2부 겨울과 봄 사이에

# 가정

문빗장 걸어놓고 적일(寂日)을 다스리며
뜨개질 손놀림 새로 열린 무한천공을
아내의 꿈은 한 마리 연둣빛 새로 날고 있다.

그가 열고 들어선 생활의 깊은 산비탈
수심(愁心)도 훑고 뿌려 유채밭 일궈놓고
골목 밖 마중 나서는 아내의 밝은 두 귀.

새벽을 끌고 나간 남편의 맨주먹엔
튼튼한 이 하루의 원목을 찍는 도끼 소리―
그 순간 아내 가슴엔 장밋빛 성(城)은 쌓이고.

기다림의 뻗은 가지엔 겨울에도 잎이 돋아
유월의 산등 같은 늘 푸른 경치를 이고
아내는 층계를 내려 오늘 끝을 딛고 선다.

아이들이 별빛으로 떠서 노는 그맘쯤을
하루의 문을 닫고 등불이듯 오는 남편

그 길목 달려간 마음 박꽃으로 피는 아내.

# 설악산

나는 살아 이 땅에 무엇을 이룰 것인가
자답은 막히고 자문만이 남아돌 때
며칠째 동해 쪽에서 화답해 오는 산아

내 머리론 불가해(不可解)라 괴로운 밤 뒤척이다
그래 그래 안되겠다 이대로는 안되겠다
오늘 밤 몸뚱이채로 빈 골짝 이루어 보리

# 허공 그리기

손이 닿으면 이미 허공엔 상처가 보인다.

만상을 떠나보낸 거울 속의 빈 하늘같이

이 붓도 허심하여야 허공이 나타난다.

# 돌멩이 하나가

먼데서 날아온 돌멩이 하나가

끝없는 물살을 일으키며 밀고 간다.

깨어진 풍경 조각이 어지럽게 떠도네.

# 촛불 따라 가 보면


밤내 잠 못 드는 촛불 한 자루 따라간다.

제 눈물의 깊은 골짝을 서로 맞비추는 곳

무성한 아픔이 모여 찬비에 몸을 씻고 있네.

# 네 몸엔

네 몸엔 오대산 뼛속
물소리만 보이누나.

그대 일생을 만나러
한없이 헤매어도

못 잡을 물소리들만
바람 불며 가는구나.

# 좋은 날

숙취의 뒷날 아침 냉수맛으로 고이다가

때리는 바람에는 청댓잎 소리로 떠돌더니

깊은 밤내 잠에 와 설치는 무성한 별빛 소리

# 정야(靜夜)

여기는 산협을 돌아
사라지는 물소리뿐

향연(香煙) 너머 연화봉은
장승처럼 앉았는데

그 위로 카랑한 별이
금을 긋고 흐른다.

이따금 대숲 속을
빗질하는 바람소리

골 안은 아늑해도
다시 낯선 어느 벌판

세월도 밀어붙이고
석탑 하나 서 있다.

수정빛 정기 어리는
범영루 휘엿한 허리

눈에는 안보이나
선연한 움직임들

그 깊이 알 수 없는 속
쌓여 가고 있었다.

# 입적(入寂)


구름 지난 하늘은 자취 하나 없듯이

그대 무한으로 몸을 다 비웠나니

이 세상 티끌 하나도 그대 생각의 빛남이리

# 이 몸을 친다 해도

나를 집으로 보내어 깊이 깊이 비워버리면

세상 가득 비춰오는 것 허공 비늘뿐이라

이 몸을 칼로 친대도 봄바람을 자를 뿐

# 무희

몸짓 따라 광란하던
허공의 파도떼들

서서히 잠재우다
고요를 펼쳐든 순간

손가락 끝끝 머리에
일만 군중이 걸려 있네

# 마음

마음 괴로운 자는 절에나 가 보아라
되도록 혼자 가면 더욱 분명하리라
끝끝내 뒤따라오는 마음 속 괴로움들.

괴로움 끌러놓고 간절히 기도해 보라
금부처가 없애주리라 굳게굳게 믿으면서
때로는 절실해지면 눈물도 흐르리라.

이윽고 하산하는 그대 마음 살펴보라
잠시 흩어졌던 괴로움들 다시 모여
하나 둘 뒤따라오며 자기 마음 이루리라.

# 선(禪)


오대산 월정사
선방 속에 앉은 나

내 속에 만상이 잠든
마음 거울 하나

그 거울 닦고 닦다가
도로 잃어버린 마음

# 봄이 왔건만

마음 찾아 내 속을 깊이 들어가버렸다

밖에선 스승이 혀를 차며 기다렸다

저 놈이 봄 온 소식을 언제 알려는지

# 공자

울타리가 없기에 마당까지 들어섰다

방문도 없기에 안방까지 들어섰더니

그 뒤로

아스라히 솟아

오를 수 없는 산 이마

# 부처

첩첩 산 속 찾아갔더니
그 분은 부재중이다.

한 동자가 그의 처소를
일러준 대로 찾아갔더니

잠실의 우리 집 아파트
아내와 마주쳤다.

# 여름

시골길 추럭이 달려 뽀얗게 이는 먼지.

무성한 가로수의 숨막히는 그늘 아래는

들판을 버리고 온 햇살이 등을 기댄 채 졸고 있다.

# 목련

우람히 솟은 건축
층층이 불밝혀 들고

그 마음 어느 뜨락에
샘물처럼 고인다 해도

일제히 설레는 몸짓
광란하는 바다를.

발 아래 내던진 그늘
무애도 끝난 품안

색계(色界)를 갈라놓고
노 저어 건너온 바람

그 훈향 그윽히 번져
빛보라로 퍼붓는가.

한나절 크나큰 동공(洞空)
궁장(宮墻) 안 푸르럼처럼

전생을 내다보면
어디나 다른 세계

그 순간 일체의 벽도
꽃이 되어 열리는가.

# 일요일

밖에서 노는 아이들의 구슬 같은 목소리
천상에서 내려와 은가루 깔고 있다.
목소리
그 환한 둘레가 이 아침 열며 간다.

새들도 가지에 앉아 아이들과 짝이 되어
먼 숲 속 이슬 같은 방울소리 흔들고
햇살은
내 방에 와서 뜨게질이 한창이다.

찌든 생활 화분처럼 창 밖에 내어놓고
오늘은 문을 닫는다 일체의 문을 닫는다
일요일
열려진다는 천당의 문도 닫았다.

모든 문 닫아 걸 때 안으로 열린 내 자리
잃어진 것 속에서 나를 다시 찾아내어
행복의

그 한복판인 내 자리에 앉힌다.

주(主)는 하늘나라에서 거룩하다 하지만
나는 땅 위에서 거룩해지고 싶은 아침
오늘은
문을 닫는다, 나를 열어 놓는다.

## 겨울과 봄 사이에

할말도 없어졌네, 겨울과 봄 사이에
흐늘흐늘 풀어지면서 자주 드러누웠네
그러나
잠들기까진 뒤척이며 길어졌네.

요즈음 내 몸에는 혹이 하나 돋아나서
아무데나 부딪히네, 사는 건 겁나지 않네
너보다
내가 앞서서 나자빠지면 되므로.

오늘은 식구들이 봄나들이 떠나고
홀로 빈집에 남아 닦고 또 닦았지만
좀체로
산다는 의미가 빛나지 않았었네.

마침 빈 집안의 비어 있는 시간에
나는 조심스레 나를 열고 들어갔네
어딘가

숨어 있다는 마음의 방을 찾아.

긴 낭하 끝을 지나 스위치를 올렸네
환하게 불이 켜진 처음 보는 마음의 방
그 방을
들어서는 순간 모든 원인 알았었네.

살고 싶은 생각과 죽고 싶은 두 생각이
서로 팽팽히 맞서 버티고 있었었네
어느 해
겨울과 봄 사이 그렇게 보내었네.

# 싸움

내 몸을 열어제치고 깊숙이 들어간다
보이지 않는 손의 번쩍이는 칼을 잡고
어둠의 벽을 찍으며 또 찍으며 들어섰다.

음산한 늑골 사이로 떠다니는 붉은 욕망들
전역에다 나의 침입을 계엄령으로 선포하자
불안이 안개비처럼 전 신경을 퍼져 흐르네.

마침내 가슴 위에서 금을 긋고 갈라선 흑백
곳곳에 터지는 불꽃, 쓰러지는 나의 양심들
맞붙어 유혈이 낭자한 어둠과의 이 칼부림.

두뇌의 나라에 세워진 나의 정부(政府)여
핵으로도 죽일 수 없는 탐욕의 숨은 저 눈
불시에 전국을 노리는 저 검은 손을 보느냐.

한 평 자유의 땅을 빼앗기 위해서는
견고한 의혹들의 밑둥을 파헤치고

궁궐의 저 지하실을 흔적 없이 부셔야 한다.

오늘도 절전(絶電)인 어두운 골목길에
흰 발목 끌려가는 비명소리 들으며
타협의 사악한 생각을 잘라내고 잘라낸다.

도착증의 언어들이 파편으로 날아다니고
완전무장의 암흑들이 도처에 떠도는 한
한 자루 비수라 한들 끝내 귀가할 수 없구나.

# 양심

밤에도 대낮이 허옇게 걸려 있다

누구냐, 내 숨을 곳 샅샅이 허물은 자는

천지는 거울을 대며 전 생애를 끄집어낸다

# 아픔

어제도 그러했고 오늘도 그러했다

행복을 만드는 건 마음밖에 없다며

반지하 문을 나서며 아내 손을 꼭 잡았지만.

돌아서면 아니다 내가 먼저 흔들리다

끝내는 두 갈래, 세 갈래로 쪼개지는

내 마음 감추기 위해 슬그머니 하늘 보다.

# 비여 오려면 오라

옛날엔 빗줄기 피해
움막 속에 살았으나

비여 오려면 오라
온몸으로 부딪치겠다

지금은
비에 젖지 않는 마음
그 속에 사나니

# 종점

삼촌은 뱃길로 오고 큰형은 하늘로 오고
또 몇몇 친척들은 철길로 왔다지만
오늘은 성묘 가는 날
한 차에 실려 가는구나

달리던 포장국도가 떨구고 간 비포장길
비포장도 지치고 나면 산으로 보내는 외길
그 외길 끊어진 자리
광산김씨지묘를 향해.

# 지난 겨울은

마음 속 움막집에
함께 살던 몇몇 친구

당분간 나가라 하고
문 굳게 잠갔다.

몇 군데
금이 간 마음
수리하러 들어갔다.

# 친구의 영전(靈前)에


친구여 느티나무의
무성한 잎을 보았느냐


그 중의 잎 하나가
먼저 질 수도 있지 않느냐


그 옆에 달린 잎사귀로
이 말밖엔 모르겠네

# 남해 보리암에서

나는 소원 따위는 없고
빈 하늘에 부끄러울 뿐.

이 세상 누구에게도
그리움 되지 못한 꿈

여기 와 무슨 기도냐
별 아래 그냥 취해 잤다.

# 석상암

부르는 소리 같아 내다보니 아무도 없습니다

그윽한 향기에 내다보니 아무 것도 없습니다

문 밖은 바람에 실려 산을 넘는 세월뿐입니다

교외


혼자 취한 날 밤 바람과 함께 돌아오다

바람 무슨 힘 있나 함께 나뒹굴어지면

이마 위 쏟아지는 별빛, 사람보다 가깝구나

# 텅 빈 마음에 집 짓기

## 장 영 우

문학평론가 · 동국대 교수

1

김원각의 시조를 읽는 일은 샘물이나 석간수를 한 모금 입에 물고 잠시 사색에 잠기는 행위와도 같다. 요즘은 물도 마음놓고 마실 수 없어 '음료수'를 사서 마시는 세상이 되었다. 그리고 신세대 젊은이들은 '물'보다 '음료수'를 더 즐긴다. '음료수'는 색깔이나 맛이 현란하고 자극적인 데다가 갖가지 미네랄이나 영양소가 첨가되어 건강 식품으로 복용되기도 한다. 하지만 '음료수'는 '물'과 달리 담백하고 깊은 맛이 부족하다. 상점에서 파는 '음료수'와 깊은 지층을 뚫고 솟아나 바위틈을 흐르는 '석간수'를 똑같은 물이라 할 수는 없는 일이다.

김원각의 시조는 매우 평범해서 쉽게 이해될 것 같지만, 시를 음미하면 할수록 평범했던 시구(詩句)들은 돌연 생명

력을 획득해 새로운 의미를 생산한다. 그것은 마치 아무리 퍼내도 고갈되지 않고 늘 그만큼의 수량(水量)을 유지하는 작은 샘의 경이(驚異)와도 흡사하다. 요컨대 김원각의 작품 세계는 그 의미가 단순 명료한 듯 하면서도 행간의 여백이 여간 웅숭깊은 게 아니다. 평이한 시 구절만 따라 읽다보면 의미를 다 이해할 것 같은데, 고쳐 생각하면 지금까지 이해했다고 생각했던 의미가 삼베바지에 방귀 새듯 모두 빠져나간 것을 깨닫고 우두망찰해진다. 그렇다고 잔뜩 긴장하여 그의 시조를 분석하려 들면 담백하고 그윽한 정취는 온데간데없이 사라지고 앙상한 관념의 뼈다귀 몇 개만 추릴 수 있을 뿐이다.

김원각의 시조는 그러므로 무심하게 읽어야 한다. 무심하게 읽기, 그것은 맑은 샘물을 천천히 음미하면서 저작(詛嚼)하는 것과 비슷한 독법(讀法)이다. 굳이 의미를 캐려 애쓰지 않되, 눈으로 읽는 게 아니라 마음에 새기며 읽어야 제 맛을 오롯이 느낄 수 있는 것이다. 이런 독특한 독법이 요구되는 것은 그의 시조가 일상적 삶을 다루면서도 그 방법론과 세계관에 있어서 불교의 그것에 상당부분 의존하고 있기 때문이라 생각된다. 그의 시조는 흔히 말하는 선적 취향의 시와 유사하면서도 전혀 판이한 정조를 자아낸다. 개인의 일상적 삶과 종교적 성찰이 겉도는 듯한 일부 선적 취향의 시와는 달리 그의 작품세계는 일상과 종교가 일체를 이루고 있다는 좋은 증거이다.

2

　이 시집에 실린 김원각의 작품을 읽다 보면, 번듯한 집 한 채를 짓기 위해 한평생 구도자적 자세를 지켜온 대목(大木)의 삶을 떠올리게 된다. 우리 인간에게 집은 '행복한 공간'(바슐라르)이며 '피호성(被護性)'의 공간(볼로트)이다. 다시 말해 집은 자연 재해나 금수의 공격으로부터 인간을 보호해 주는 안락한 장소이며, 화목한 가족끼리 행복을 나누는 지상(至上)의 보금자리인 것이다. 하지만 김원각이 짓고자 하는 집은 단순한 물리적 공간으로서의 집이 아니다. 그에게 '집'은 하나의 '우주'이며, 세속적 탐욕에서 벗어나 활달한 자유를 구가할 수 있는 '정신적 초월의 공간'이다.

> 이제 이 지상에다 집 한 채 세웠으니
> 희망 끝에 눈물 끝에 비바람 막았으니
> 안팎의 따스한 마음 세상 곁으로 보내겠습니다.
>
> —「일산에서」 부분

　신도시 일산에 새롭게 삶의 터전을 마련한 시인은 "비로소 이 세상 주인"이 된 듯한 포만감을 느낀다. 이제 육순의 중후한 나이에 접어든 이 시인이 비로소 제집을 마련했다고 보기는 어렵고, 아마도 그는 더 이상 이사를 다니지 않고 이 집에서 여생을 마치기로 작정한 게 아닌가

싶다. 아내와 자식들에게 피호성의 행복한 공간을 마련해
준 가장으로서의 책임감이 소박하게 드러난 이 시편의 마
지막 연에서 시인은 앞으로는 세상과 보다 화목하게 지내
며 여생을 보내리라는 의지를 내비친다. 그것은 이제까지
시인을 번민하게 했던 모든 탐욕과 어리석음, 그리고 세상
에 대한 원망과 미움에서 벗어났다는 선언적 의미를 갖는
다. 이런 초월적 의지를 확인하기 전까지 이 세상은 정의
와 정직 등 정신적 가치가 조롱받고 자식조차 아비를 존
경하지 않는 공포의 공간으로 인식되어 왔다.

　　애비의 날갯죽지로는 우리 집 추위 막지 못해도
　　자식을 위해 퉁긴 먹줄 그것만은 곧았는데
　　크면서 애비를 보는 자식들 눈이 달라졌다.

　　정의가 이기는 나라, 정직이 잘사는 사회
　　힘주어 가르치며 애비 또한 떳떳했거늘
　　큰놈이 중학에 가자 이런 말 외면했다.

　　그렇구나 문 밖은 떠들썩한 선진조국
　　그 대열 끼지 못한 가난한 애비의 말
　　어느새 둘째놈마저 믿지 않는 눈치다

─「무서운 눈」 전문

근대화는 우리를 절대적 빈곤에서 벗어나게 해주었지만, 물질적 욕망을 가라앉히기는커녕 불가사리 같은 괴물로 키워 놓았다. 우리 대부분은 과거와 비교할 수 없을 만큼 풍요한 물질적 삶을 살면서도 늘 아귀 같은 탐욕으로 기갈증(飢渴症)에 고통받는다. 세상 사람이 온통 상대적 빈곤감과 박탈감의 노예가 되어 있는데, 유독 '정의' '정직'을 입에 달고 사는 아버지가 아들의 눈에는 무척 답답하고 이해하기 어려웠으리라는 점은 어렵지 않게 짐작된다. 하여 어느 새 불쑥 자란 아들은 사사건건 아버지의 뜻을 거스르기 시작하는 것이다. 사실 젊은 세대들의 '아비 부정'은 새삼스러운 게 못된다. 하지만 인류 문화·정신사의 유서 깊은 전통이라 할 수 있는 '아비 부정'은 과거를 극복하고 보다 나은 새 것을 창조하려는 정신 운동의 상징이었지 건강한 정신적 가치를 부정하고 극단적 물질주의를 추구하려는 퇴폐적 사고와는 거리가 멀었다. 그런데 산업화 이후의 한국 사회에서는 불의와 부정이 횡행하고 정의와 정직은 낡아 폐기해 버려야 할 유산으로 멸시의 대상이 된 것이다.

자식마저 부모의 가르침을 외면하는 이 현실을 시인은 '단전(斷電)'이란 일상적 사건과 연결시킨다. 전기의 발명으로 이젠 밤과 낮의 구별이 없어졌으나, 뜻하지 않게 정전이 되면 우리는 태초의 암흑을 새롭게 경험하게 된다. 그 암흑은 공포와 불안일 터이지만 이 시인은 "어둠도 희

망의 일부”라는 정신적 차원의 역설로 재해석한다. 그러나
그 희망조차 불안한 까닭은 “자식들/ 가슴 가슴에/ 불은 환
히 켜질텐데.// 정직이 잘 산다는 말/ 자식에게 불 안 켜지
고// 정의가 이긴다는 말/ 자식에게 불 안 켜지고……”(「단
전(斷電)」)의 독백처럼 부모와 자식간의 정신적 교류가 단
절된 강포한 현실이 완강하게 버티고 있기 때문이다.

　이런 현실을 버티고 살아갈 수 있게 하는 원동력은 전
적으로 시인의 아내에게서 비롯된다. 그는 공공연히 자신
의 아내를 ‘부처’라 부르는 팔불출이다. 기성세대들에게
있어 공개적인 자리에서의 아내 자랑은 반드시 삼가야 할
금기 가운데 하나였다. 그런데 김원각은 세간의 사시(斜
視)와 조롱 따위는 아랑곳 않고 우아한 어조로 ‘처덕송(妻
德頌)’을 읊조린다.


　　　아이들이 별빛으로 떠서 노는 그맘쯤을
　　　하루의 문을 닫고 등불이듯 오는 남편
　　　그 길목 달려간 마음 박꽃으로 피는 아내

　　　　　　　　　　　　　　　　　　　　　－「가정」 부분


　　　첩첩 산 속 찾아갔더니/ 그 분은 부재중이다.//
　　　한 동자가 그의 처소를/ 일러준 대로 찾아갔더니//
　　　잠실의 우리 집 아파트/ 아내와 마주쳤다.

　　　　　　　　　　　　　　　　　　　　　－「부처」 전문

우리의 상투적 어법으로는 아내를 마귀에 비유해야 제
격이다. 그런데 이 시인은 생뚱맞게 '아내가 곧 부처(妻卽
佛)'라는 법어로 우리를 당혹케 한다. 제 핏줄을 이어받은
자식도 때로는 애물단지(Rāhula)처럼 느껴지는 게 인지상
정이니 아내가 늘 사랑스럽고 아름답게만 보일 리는 만무
하다. 오히려 아내는 남편에게 위안과 화평을 주기보다 자
잘구레한 일상사와 관련된 투정이나 불평으로 남편의 정
신적 피로만 가중시키는 귀찮은 존재로 인식된다. 그것은
아내가 누구보다 나의 결점을 속속들이 잘 알고 있기 때
문이라 할 수 있다. 내 마음속에 숨어 있는 탐욕과 어리석
음을 가차없이 지적하고 비판하는 아내가 때때로 미워지
는 것은 당연한 현상이 아닐 수 없다. 따라서 아내를 미워
하고 아내에게 성을 내는 것은 결국 자신의 내부에 들끓
는 세속적 욕망과의 싸움에서 패배했다는 것을 인정하지
않으려는 눈가림에 불과하다.

　"핵으로도 죽일 수 없는 탐욕의 숨은 저 눈"(「싸움」)과
진검 승부를 하기 위해서는 차분히 자신의 내면을 응시해
야 한다. 온갖 번뇌와 갈등은 결국 내 마음에서 비롯되는
것이기 때문이다. 이 시인은 큰 재물을 쌓고 높은 권좌에
오르려는 것에는 커다란 관심이 없는 것 같다. 그의 유일
한 번민은 "나는 살아 이 땅에 무엇을 이룰 것인가"(「설악
산」)라는 존재론적 고뇌인데, 그것은 "나의 본래 진면목은
무엇인가?"라는 선가의 전통 화두와 동등한 의미를 갖는

다. 하여 시인은 수시로 산 속의 절을 찾는다.

　　마음 괴로운 자는 절에나 가 보아라
　　되도록 혼자 가면 더욱 분명하리라
　　끝끝내 뒤따라오는 마음 속 괴로움들


—「마음」 부분

그러나 산사의 부처는 부재중이다. 하기야 법당의 금칠된 주조물(鑄造物)에서 위안을 받을 수 있으리라 생각하는 것 자체가 커다란 착각인지 모른다. 시인에게 가르침을 주는 것은 법당의 금불(金佛)이 아니라 "뭣하러 무거운 산을 마음에 담아 오르느냐"(「심법(心法)」)며 "물 안든 나머지 마음 그거나마 잘 닦으라는"(「그림을 그리다가」) 자연의 소리 혹은 "행복을 만드는 것은 마음밖에 없다"(「아픔」)는 내면의 음성이다. 그 내면의 소리에 공감하는 이가 부처라면, 아내가 곧 부처이고 아내를 부처로 생각하는 나도 부처일 것은 자명한 노릇이다.

3

지상에 한 채의 집을 세운 이 시인은 최근 "살고 싶은 생각과 죽고 싶은 두 생각이/ 서로 팽팽히 맞서 버티고"(「겨울과 봄 사이에」) 있으나 "발 밑의 일보다 하늘 일이 궁금"(「남산 타워에서」)할 뿐만 아니라 "사는 건 겁나지

않네"(「겨울과 봄 사이에」)라고 단언할 만큼 세속적 삶에
서 초탈해 있는 것으로 보인다. 생사의 두려움에서 벗어난
그의 자유로운 정신은 가령, "죽음 한 장 떠도는 날은 편
하고 편하여라"(「이런 날은」)라거나 "친구여 느티나무의/
무성한 잎을 보았느냐// 그 중의 잎 하나가/ 먼저 질 수도
있지 않느냐"(「친구의 영전(靈前)에」)와 같은 편안한 일상
어법으로 표현되어 더욱 깊은 공명을 자아낸다. 죽음의 공
포마저 벗은 이 시인에게 남은 일이 있다면 그것은 땅 위
도 마음도 아닌 허공에 집 한 채 짓는 일 뿐이다.

　　북풍한설 막으려면 땅 위에 집을 짓고

　　모든 번뇌 막으려면 마음에 집 세우는데

　　허공에 올려 놓은 집

　　땅도 마음도 끊어졌네.

―「일선사(一禪寺)」 전문

　허공에 지은 집, 즉 공중누각(空中樓閣)은 흔히 현실적
토대나 근거가 빈약한 가공(架空)의 사물을 일컫는 말로,
'신기루'와 같은 의미로 쓰인다. 불교적 관점에 따르면 이
세상은 실체가 아니라 한갓 환영(幻影, Maya)에 지나지 않
는다. 산을 산이라 이름 짓고 물을 물이라 부르는 것은 인

간의 자의적 기준과 법칙에 따른 명명(命名)행위일 뿐 그 것들의 본성과는 아무런 관련도 없다. 어떤 점에서 그런 행위는 사물의 본질을 왜곡시키는 일이라고 해도 크게 잘 못이 아니다. 사물의 본성에 도달하는 유용한 방법은 달을 가리키는 '수단'으로서의 손가락에 시선을 빼앗길 게 아니 라 손가락이란 방편을 써서 보여주고자 하는 '진실'로서의 달을 바라보아야 한다.

대지('땅')와 인간의 정신('마음')은 인간의 삶을 영위하 는 데 없어서는 안 될 근본 조건이다. 전자가 물질적 생활 의 토대라면 후자는 정신적 삶의 원천이 된다. 그것들은 인간의 기본적인 삶을 가능하게 하지만 인간을 유황불 같 은 욕망의 도가니에 집어던져 고통을 주기도 한다. 물질적 토대가 되는 땅은 말할 것도 없으려니와, 마음 또한 모든 번뇌의 근원이라는 점에서 영원히 의지할 대상은 못된다. 마음이란 워낙 간사한 것이다. 욕망의 찌꺼기를 털어 버리 고자 산에 오르면서도 "내 마음 구석구석까지/ 산을 다 담 는"(「심법(心法)」) 욕망의 이빨을 드러내는 것이 우리들 마 음의 본질인 것이다.

붓 갈 데 안 갈 데를 분간조차 못하면서
마구 휘둘러 놓은 파지 직전의 그림 한 폭
내 마음 끄집어낸다면 이런 형국 아닐는지.

—「그림을 그리다가」 부분

마음이란 바로 이런 것이다. 한 방울의 물감이 맑은 물의 색깔을 변화시키듯 마음처럼 오염되기 쉬운 것도 달리 찾기 어렵다. 모든 게 마음먹기에 달렸다지만(一切唯心造) "마음 단단히 묶는 것 그것이 공부 같고// 마음 풀어 비우는 것 그것이 공부 같아"(「다시 일선사에서」) 늘 헷갈리기만 할 뿐이다. 구도적 삶을 살다보면 문득 한 소식을 얻는 경우(頓悟)도 없지 않으나, 그것을 갈고 닦지 않으면 또다시 먼지와 기름때로 얼룩져 예전보다 더 더러워지기 일쑤이다. 흔한 얘기대로 마음처럼 간사하고 흔들리기 쉬운 게 없는 것이다. 따라서 진실로 흔들리지 않으려면 그 마음조차 잊어야 한다.

  손이 닿으면 이미 허공엔 상처가 보인다.

  만상을 떠나보낸 거울 속의 빈 하늘같이

  이 붓도 허심하여야 허공이 나타난다.

—「허공 그리기」 전문


  손이든 마음이든 그것은 사물과 접촉하는 순간 엄청난 마력을 발휘해 사물의 본성을 해친다. 자연은 저절로(自) 그렇게(然) 살아가야 하는 게 이법(理法)인데 인간의 손과 정신이 마구 휘저어 넝마로 만든 것이 대표적인 사례에

속한다. 이와 마찬가지로 거울에 비친 사물은 다만 환영일
뿐 그 실체가 아니다. 인간의 의지로 만들어 낸 형상이나,
거울에 비친 물상은 "한 마음이 만든 두 얼굴"(「하산기(下
山記)」)의 한 모습일 따름이다. 바둑이 주는 교훈이 "손
털고 일어서는 법"(「바둑에서」)에 있듯이 그림을 그리는
데 있어서도 붓에 힘이 들어가면 결국 그것은 완성된 그
림이 아니라 파지(破紙)로 버려질 운명에 처한다. 그러므
로 붓을 잡되 허공을 나는 새가 발자국을 남기지 않듯 그
렇게 무심히 운필(運筆)해야 한다. 그것이 바로 허공에 집
짓는 제1법칙인 셈이다.

　　나도 허공 한쪽에 집 한 채 짓고 싶다

　　땅에서 괴로운 마음 저 높이만 올려 놓아도

　　세상일 따라오다가 절반 이상 끊어질 것을
—「까치둥지」 전문

　　까치는 높은 나뭇가지에 집을 짓는다. 그야말로 공중누
각인 셈인데, 그 누각을 신기루나 고층 아파트, 최고급 빌
라에 비견할 수는 없는 일이다. 까치는 그저 본능이 가르
쳐 주는 대로 둥우리를 만들어 번식할 준비를 하는 것이
다. 하지만 까치집은 하늘에 의존하고 있어 훨씬 자유로워

보인다. 우리의 고뇌와 번민이 대부분 땅위에서 벌어지는 것이어서 허공에 거오(倨傲)하게 자리한 까치집이 더욱 부럽게 보일 수도 있다. 이렇듯 김원각의 허공은 세상과의 완전한 절연을 뜻하는 상징적 공간으로 새롭게 의미화된다.


4

평범한 일상인으로서는 마음을 비우는 일 자체가 불가능하게 여겨진다. 정직과 정의가 불신 받는 이 혼탁한 사회에서 어떻게 화를 내지 않을 수 있으며, 나보다 큰 집과 좋은 차를 가진 자를 어찌 시심 없이 축복할 수 있겠는가 말이다. 그런데 김원각은 신도시의 새 집에 이사하여 "이제 못질할 자리 여기 찾아왔습니다"(「일산에서」)고 감격해 하는 것이다. 그의 생활은 "타협의 사악한 생각을 잘라내고 잘라낸다"(「싸움」)는 단호한 어조에서 알 수 있는 것처럼 정직과 정의의 실천의 연속인 것으로 보인다. 그의 삶의 태도는 밤의 어둠 속에서도 양심의 가혹한 시선을 의식할 정도로 엄격하다. 반드시 머리카락을 자르고 납의(衲衣)를 걸쳐야만 수도승인 것은 아니다. 이제까지의 작품을 통해 짐작할 수 있는 김원각의 정신세계는 어떤 수도자의 그것과 견주어도 부족함을 찾을 수 없다. 간혹 보이는 그의 결연한 어투에도 특별한 반감이 일지 않는다. 이를테면 "비여 오려면 오라/ 온몸으로 부딪치겠다"(「비여 오려면 오라」), "아무데나 부딪히네, 사는 건 겁나지 않네/ 너보다/ 내가 앞서서 나자빠지면 되므로"(「겨울과 봄 사이에」)와 같은 구절에 자신도 모르게 공감을 표하는 것이다. 그 까닭은 김원각의 작품에서 허위와 가식, 왜곡과 과장의 망언(妄言)을 찾기 힘들기 때문으로 생각된다.

땅에 발 딛고 살아온 이 시인이 땅도 마음도 끊어진 허공에 지은 집이 세 칸 규모의 오두막집인지 대형 저택인지는 아직 정확하지 않다. 사실 모든 걸 비운 이 시인의 공중누각의 크기와 모양을 따지는 일 자체가 속물들의 천박한 호기심의 발동이다. 그러나 나는 속물이란 비난을 무릅쓰고서라도 김원각이 허공에 지은 집의 크기와 모양, 그 외의 모든 것을 자세히 알아야겠다. 그것은 이 시인의 작품집 해설을 쓴 필자가 마땅히 감수해야 할 의무라고 생각되기 때문이다. 하지만 내 우둔함을 고백하는 것으로 그 의무를 잠시 유보하기로 한다. 이 시인은 앞으로도 계속 우리에게 청정수를 배달할 물장수임에 틀림없으므로 서둘러 물맛을 품평하지 않아도 괜찮은 일 아니겠는가. 물도 급하게 마시면 체하는 법, 이미 이 시인은 허공에 집을 지으려 초석을 다져 놓았으니 그 집을 관찰하고 사색하는 행복한 시간은 아끼면 아낄수록 더욱 배가될 터이다.

# 김원각 연보

1941년   대구에서 출생. 본명은 김영률(金永律).

1968년   제2회 『불교신문』 신춘문예에 시 「정야」 당선.

1969년   제1시집 『못다부른 정가(情歌)』 펴냄.

1972년   『동아일보』 신춘문예에 시조 「목련」 당선.

1977년   <민족문화추진회> 국역부에 입사.

1980년   편역서 『한국명문선』 펴냄.

1981년   편역서 『이야기 대동야승』 펴냄.

1982년   금성출판사 입사.

1984년   편역서 『상소문』 펴냄.

1986년   편역서 『선시(禪詩)』 펴냄. 제3회 만해불교문학상 수상.

1987년   역서 『노자, 채근담』, 제2시집 『허공 그리기』 펴냄.

1993년   1993년 제13회 정운시조문학상 수상.

1994년   삼국유사를 쉽게 풀이한 『역사 이야기』 네 권과 『청백리
        이야기』 두 권을 펴냄.

1995년   위인전기 『공자』 『사명대사』 『김정호』와 『숟가락은 밥맛
        을 모른다』 펴냄.

1996년   『이것이 있으므로 저것이 있다』 펴냄.

1997년   제13회 중앙시조 대상 수상. 『화두』 펴냄.

1999년   제8회 고양시 문화상(예술부문) 수상.

현재    동국대학교 동국역경위원으로 있음.